AF238778

...

Adventskalenderbuch
24 Weihnachtslieder, 24 Weihnachtsbilder
& die Weihnachtsgeschichte

Der Mitmach-Adventskalender
mit Deinen Fotos, Zitaten, Zeichnungen

Glanz-Verlag

ALL-IN-ONE
Adventskalender

Einen persönlichen Adventskalender zu gestalten ist zu aufwendig, oder? Nein! Nicht mehr! Egal, wie viel Arbeit man hier reingesteckt hat, dieser Adventskalender sieht immer gut aus, da er Deinen Titel trägt und er für jeden Tag 4 Seiten als Überraschung parat hat. An jedem Adventstag gibt es ein Weihnachtsmotiv, ein Weihnachtslied, etwas Persönliches und ein Teil der Weihnachtsgeschichte.

24 Türchen mit Weihnachtsmotiven aus der Kunstgeschichte, welche die Weihnachtsgeschichte erzählen.

24 Weihnachtslieder zum Singen oder Spielen.

24 Originaltexte mit der Weihnachtsgeschichte.

24 Ergänzungsmöglichkeiten, welche den Adventskalender für unsere Lieben einzigartig macht. Das kann, aber muss nicht immer das Familienfoto-Erinnerungsalbum sein. Liebende gestalten Ihren Kalender mit Liebeserklärungen und ergänzen einen dicken Lippenstift Kuss-Abdruck. Der TikTok Adventskalender enthält die schrillsten Memes. Fußballfans zitieren Ihre Platz-Götzen und kleben Mannschaftsfotos ein. Der Facebook Kalender ist mit den schönsten 24 Bildern der Freunde gefüllt. Kinder zeichnen für Ihre Eltern Weihnachtsbäume, Sterne, Engel, Maria und Josef vor der Krippe. Der Snatch Adventskalender bietet die besten Beiträge der Klassenkameraden. Der Twitter Adventskalender enthält die dümmsten Sprüche und dreistesten Trump-Lügen. Für Spieler ist jede Seite ein Rätsel. Der YouTube Kalender enthält Codes für die selbst erstellten Videos. Der Promi Kalender enthält eine Zeitschriften-Collage mit den eingeklebten Idolen. Pflanzenfreunde pressen hier Blumen und Kleeblätter. Hungrige notieren Ihre Lieblingsrezepte für ein baldiges Abendmahl. Origami-Faltkräfte verwirklichen sich auf jeder Seite. Literaturliebhaber bekommen täglich ein frisches Zitat. In der Adventskalender-Horror-Show verwirklichen sich die Helloween-Fans. Am schönsten sind aber vielleicht auch einfach persönliche Freude-Mach-Gedanken, Wünsche oder auch Hinweise auf Gutscheine und Geschenke. Was wir lieben, ist das, was den Adventskalender zu dem Spiegel unserer selbst macht.

So funktioniert es!
1. Für jeden Tag eine freie Fläche gestalten (Bilderrahmen).
2. Titel auf dem Cover eintragen. (z.B. der Name des Beschenkten)
3. Fertig zum Verschenken! Die Beschenkten blättern einfach ab dem 1. Dezember los.

Hinweis: Die Lieder sind auch im Buch „Mein Mitmach-Liederbuch" des Glanz-Verlags und auf Liedlernen.de zu finden. Es handelt sich größtenteils um gemeinfreie Texte, Bilder und Lieder.

Quellenangaben siehe Liedlernen.de
>> Quellen >> Adventskalenderbuch
© Glanz-Verlag.de

Domenico Ghirlandaio
Verkündigung an Zacharias
1490

01

Advent, Advent, ein Lichtlein brennt

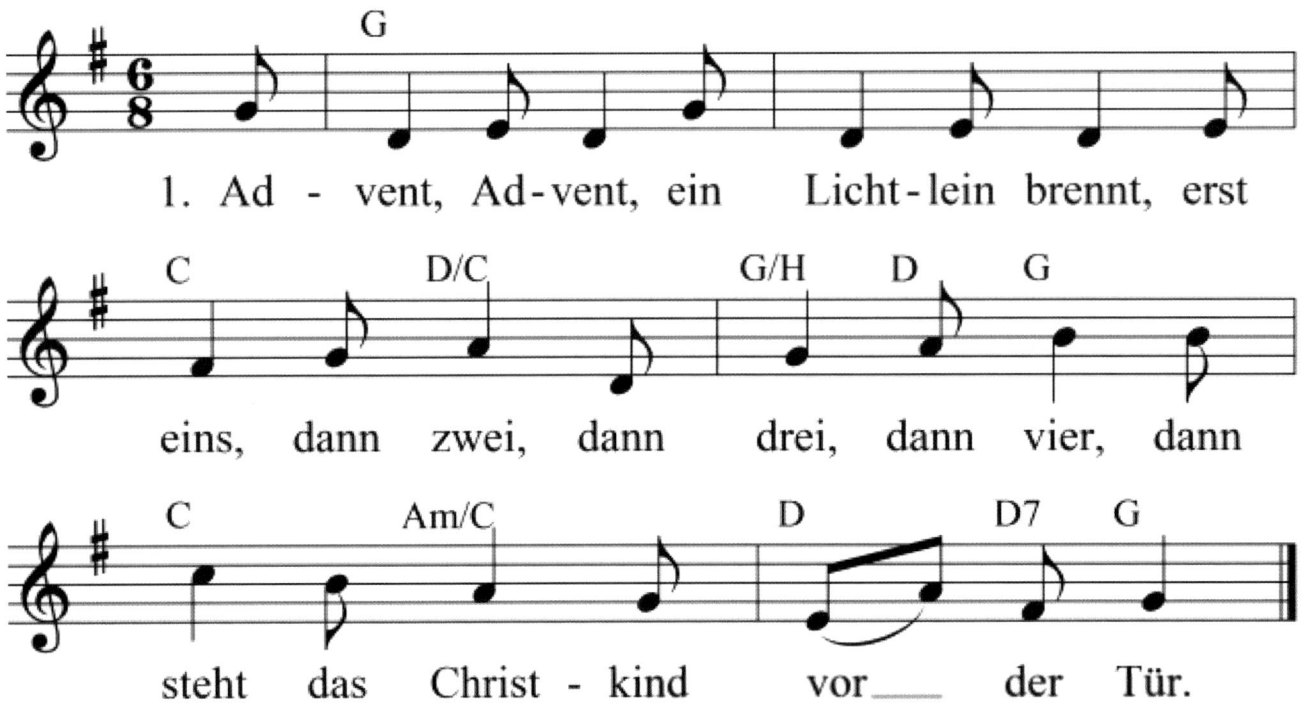

1. Ad-vent, Ad-vent, ein Licht-lein brennt, erst eins, dann zwei, dann drei, dann vier, dann steht das Christ-kind vor der Tür.

Advent, Advent,
ein Lichtlein brennt.
Erst eins, dann zwei,
dann drei, dann vier,
dann steht das Christkind vor der Tür.

„Und wenn das fünfte Lichtlein brennt,
dann hast du Weihnachten verpennt!"

Die Ankündigung der Geburt Johannes' des Täufers

Lukas 1:5 Es gab in den Tagen des Herodes, des Königs von Judäa, einen Priester namens Zacharias, der zur Abteilung des Abija gehörte. Seine Frau stammte aus dem Geschlecht Aarons; ihr Name war Elisabet. [1] 6 Beide lebten gerecht vor Gott und wandelten untadelig nach allen Geboten und Vorschriften des Herrn. 7 Sie hatten keine Kinder, denn Elisabet war unfruchtbar und beide waren schon in vorgerücktem Alter. 8 Es geschah aber, als seine Abteilung wieder an der Reihe war und er den priesterlichen Dienst vor Gott verrichtete, 9 da traf ihn, wie nach der Priesterordnung üblich, das Los, in den Tempel des Herrn hineinzugehen und das Rauchopfer darzubringen. 10 Während er nun zur festgelegten Zeit das Rauchopfer darbrachte, stand das ganze Volk draußen und betete. 11 Da erschien dem Zacharias ein Engel des Herrn; er stand auf der rechten Seite des Rauchopferaltars. 12 Als Zacharias ihn sah, erschrak er und es befiel ihn Furcht. 13 Der Engel aber sagte zu ihm: Fürchte dich nicht, Zacharias! Dein Gebet ist erhört worden. Deine Frau Elisabet wird dir einen Sohn gebären; dem sollst du den Namen Johannes geben. 14 Du wirst dich freuen und jubeln und viele werden sich über seine Geburt freuen. 15 Denn er wird groß sein vor dem Herrn. Wein und berauschende Getränke wird er nicht trinken und schon vom Mutterleib an wird er vom Heiligen Geist erfüllt sein. 16 Viele Kinder Israels wird er zum Herrn, ihrem Gott, hinwenden. 17 Er wird ihm mit dem Geist und mit der Kraft des Elija vorangehen, um die Herzen der Väter den Kindern zuzuwenden und die Ungehorsamen zu gerechter Gesinnung zu führen und so das Volk für den Herrn bereit zu machen. 18 Zacharias sagte zu dem Engel: Woran soll ich das erkennen? Denn ich bin ein alter Mann und auch meine Frau ist in vorgerücktem Alter. 19 Der Engel erwiderte ihm: Ich bin Gabriel, der vor Gott steht, und ich bin gesandt worden, um mit dir zu reden und dir diese frohe Botschaft zu bringen. 20 Und siehe, du sollst stumm sein und nicht mehr reden können bis zu dem Tag, an dem dies geschieht, weil du meinen Worten nicht geglaubt hast, die in Erfüllung gehen, wenn die Zeit dafür da ist. 21 Inzwischen wartete das Volk auf Zacharias und wunderte sich, dass er so lange im Tempel blieb. 22 Als er dann herauskam, konnte er nicht mit ihnen sprechen. Da merkten sie, dass er im Tempel eine Erscheinung gehabt hatte. Er gab ihnen nur Zeichen und blieb stumm. 23 Als die Tage seines Dienstes zu Ende waren, kehrte er nach Hause zurück. 24 Bald darauf wurde seine Frau Elisabet schwanger und lebte fünf Monate lang zurückgezogen. Sie sagte: 25 Der Herr hat mir geholfen; er hat in diesen Tagen gnädig auf mich geschaut und mich von der Schmach befreit, mit der ich unter den Menschen beladen war.

Botticelli
Die Verkündigung
1489
02

Alle Jahre wieder

Al - le Jah - re wie - der kommt das Chris - tus - kind

auf die Er - de nie - der, wo wir Men - schen sind.

1. Alle Jahre wieder
   Kommt das Christuskind
   Auf die Erde nieder,
   Wo wir Menschen sind;

2. Kehrt mit seinem Segen
   Ein in jedes Haus,
   Geht auf allen Wegen
   Mit uns ein und aus;

3. Ist auch mir zur Seite
   Still und unerkannt,
   Dass es treu mich leite
   An der lieben Hand.

Die Ankündigung der Geburt Jesu

Lukas 1:26 Im sechsten Monat wurde der Engel Gabriel von Gott in eine Stadt in Galiläa namens Nazaret 27 zu einer Jungfrau gesandt. Sie war mit einem Mann namens Josef verlobt, der aus dem Haus David stammte. Der Name der Jungfrau war Maria. 28 Der Engel trat bei ihr ein und sagte: Sei gegrüßt, du Begnadete, der Herr ist mit dir. 29 Sie erschrak über die Anrede und überlegte, was dieser Gruß zu bedeuten habe. 30 Da sagte der Engel zu ihr: Fürchte dich nicht, Maria; denn du hast bei Gott Gnade gefunden. 31 Siehe, du wirst schwanger werden und einen Sohn wirst du gebären; dem sollst du den Namen Jesus geben. 32 Er wird groß sein und Sohn des Höchsten genannt werden. Gott, der Herr, wird ihm den Thron seines Vaters David geben. 33 Er wird über das Haus Jakob in Ewigkeit herrschen und seine Herrschaft wird kein Ende haben. 34 Maria sagte zu dem Engel: Wie soll das geschehen, da ich keinen Mann erkenne? [2] 35 Der Engel antwortete ihr: Heiliger Geist wird über dich kommen und Kraft des Höchsten wird dich überschatten. Deshalb wird auch das Kind heilig und Sohn Gottes genannt werden. 36 Siehe, auch Elisabet, deine Verwandte, hat noch in ihrem Alter einen Sohn empfangen; obwohl sie als unfruchtbar gilt, ist sie schon im sechsten Monat. 37 Denn für Gott ist nichts unmöglich. 38 Da sagte Maria: Siehe, ich bin die Magd des Herrn; mir geschehe, wie du es gesagt hast. Danach verließ sie der Engel.

Giotto di Bondone
Mariä Heimsuchung
1305

03

Tochter Zion

1. Toch - ter Zi - on, freu - e dich, jauch - ze laut, Je -
ru - sa - lem! Sieh, dein Kö - nig kommt zu dir,
ja, er kommt, der Frie - de-fürst! Toch - ter Zi - on,
freu - e dich, jauch - ze laut, Je - ru - sa - lem!

1. Tochter Zion, freue dich,
jauchze laut, Jerusalem!
Sieh, dein König kommt zu dir,
ja, er kommt, der Friedefürst.
Tochter Zion, freue dich,
jauchze laut, Jerusalem!

2.Hosianna, Davids Sohn,
sei gesegnet deinem Volk!
Gründe nun dein ewges Reich,
Hosianna in der Höh!
Hosianna, Davids Sohn,
sei gesegnet deinem Volk!

(Sieh! er kömmt demüthiglich
Reitet auf dem Eselein,
Tochter Zion freue dich!
Hol ihn jubelnd zu dir ein.)

3. Hosianna, Davids Sohn,
sei gegrüßet, König mild!
Ewig steht dein Friedensthron,
du des ewgen Vaters Kind.
Hosianna, Davids Sohn, sei gegrüßet, König mild!

Mein Bild

Die Begegnung zwischen Maria und Elisabet

Lukas 1:39 In diesen Tagen machte sich Maria auf den Weg und eilte in eine Stadt im Bergland von Judäa. 40 Sie ging in das Haus des Zacharias und begrüßte Elisabet. 41 Und es geschah, als Elisabet den Gruß Marias hörte, **hüpfte das Kind in ihrem Leib**. Da wurde Elisabet vom Heiligen Geist erfüllt 42 und rief mit lauter Stimme: Gesegnet bist du unter den Frauen und gesegnet ist die Frucht deines Leibes. 43 Wer bin ich, dass die Mutter meines Herrn zu mir kommt? 44 Denn siehe, in dem Augenblick, als ich deinen Gruß hörte, hüpfte das Kind vor Freude in meinem Leib. 45 Und selig, die geglaubt hat, dass sich erfüllt, was der Herr ihr sagen ließ. 46 Da sagte Maria: Meine Seele preist die Größe des Herrn 47 und mein Geist jubelt über Gott, meinen Retter.

48 Denn auf die Niedrigkeit seiner Magd hat er geschaut. Siehe, von nun an preisen mich selig alle Geschlechter. 49 Denn der Mächtige hat Großes an mir getan und sein Name ist heilig. 50 Er erbarmt sich von Geschlecht zu Geschlecht über alle, die ihn fürchten. 51 Er vollbringt mit seinem Arm machtvolle Taten: Er zerstreut, die im Herzen voll Hochmut sind; 52 er stürzt die Mächtigen vom Thron und erhöht die Niedrigen. 53 Die Hungernden beschenkt er mit seinen Gaben und lässt die Reichen leer ausgehen. 54 Er nimmt sich seines Knechtes Israel an und denkt an sein Erbarmen, 55 das er unsern Vätern verheißen hat, Abraham und seinen Nachkommen auf ewig. 56 Und Maria blieb etwa drei Monate bei ihr; dann kehrte sie nach Hause zurück.

Elisabeth stillt den neugeborenen
Johannes den Täufer
1340

04

Es ist ein Ros entsprungen

1. Es   ist   ein Ros' ent - sprun - gen   aus
   wie   uns   die Al - ten   sun - gen, von

ei - ner   Wur - zel   zart, }   und
Jes - se   kam   die   Art   }

hat ein Blüm-lein   'bracht   mit - ten im kal-ten

Win - ter, wohl   zu der hal - ben   Nacht.

1. Es ist ein Ros entsprungen
   aus einer Wurzel zart,
   Wie uns die Alten sungen,
   von Jesse kam die Art,
   Und hat ein Blümlein bracht,
   mitten im kalten Winter,
   wohl zu der halben Nacht.

2. Das Röslein, das ich meine,
   davon Jesaias sagt,
   Hat uns gebracht alleine
   Marie, die reine Magd.
   Aus Gottes ewgem Rat
   hat sie ein Kind geboren,
   wohl zu der halben Nacht.

3. Das Röselein so kleine,
   das duftet uns so süß,
   Mit seinem hellen Scheine
   vertreibts die Finsterniss.

   Wahr Mensch und wahrer Gott;
   hilft uns aus allem Leide,
   rettet von Sünd und Tod.

4. Lob, Ehr sei Gott dem Vater,
   dem Sohn und heilgen Geist!
   Maria, Gottesmutter,
   sei hoch gebenedeit!
   Der in der Krippen lag,
   der wendet Gottes Zoren,
   wandelt die Nacht in Tag.

5. O Jesu, bis zum Scheiden
   aus diesem Jamerthal
   Lass dein Hilf uns geleiten
   hin in der Engel Saal,
   In deines Vaters Reich,
   da wir dich ewig loben:
   o Gott, uns das verleih!

Die Geburt des Täufers

Lukas 1:57 Für Elisabet aber erfüllte sich die Zeit, dass sie gebären sollte, und sie brachte einen Sohn zur Welt. 58 Ihre Nachbarn und Verwandten hörten, welch großes Erbarmen der Herr ihr erwiesen hatte, und freuten sich mit ihr. 59 Und es geschah: Am achten Tag kamen sie zur Beschneidung des Kindes und sie wollten ihm den Namen seines Vaters Zacharias geben. 60 Seine Mutter aber widersprach und sagte: Nein, sondern er soll Johannes heißen. 61 Sie antworteten ihr: Es gibt doch niemanden in deiner Verwandtschaft, der so heißt. 62 Da fragten sie seinen Vater durch Zeichen, welchen Namen das Kind haben solle. 63 Er verlangte ein Schreibtäfelchen und schrieb darauf: Johannes ist sein Name. Und alle staunten. 64 Im gleichen Augenblick konnte er Mund und Zunge wieder gebrauchen und er redete und pries Gott. 65 Und alle ihre Nachbarn gerieten in Furcht und man sprach von all diesen Dingen im ganzen Bergland von Judäa. 66 Alle, die davon hörten, nahmen es sich zu Herzen und sagten: Was wird wohl aus diesem Kind werden? Denn die Hand des Herrn war mit ihm.

Leonardo DaVinci, Johannes der Täufer, 1513-16

Domenico Ghirlandaios
Zacharias schreibt den Namen seines Sohnes nieder
1490

05

Es kommt ein Schiff geladen

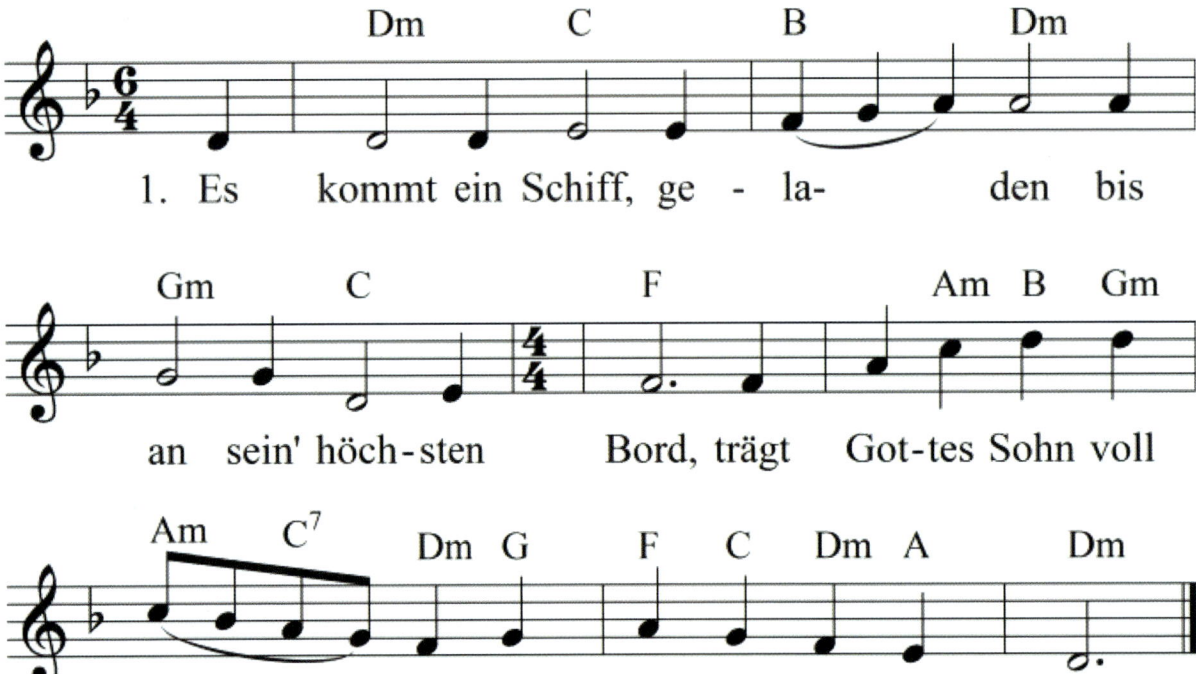

1. Es kommt ein Schiff, ge - la- den bis

an sein' höch-sten Bord, trägt Got-tes Sohn voll

Gna- den, des Va - ters e - wig's Wort.

1. Es kommt ein Schiff, geladen
bis an sein' höchsten Bord,
trägt Gottes Sohn voll Gnaden,
des Vaters ewigs Wort.

2. Das Schiff geht still im Triebe,
es trägt ein teure Last;
das Segel ist die Liebe,
der Heilig Geist der Mast.

3. Der Anker haft' auf Erden,
da ist das Schiff am Land.
Das Wort will Fleisch uns werden,
der Sohn ist uns gesandt.

4. Zu Bethlehem geboren
im Stall ein Kindelein,
gibt sich für uns verloren;
gelobet muss es sein.

5. Und wer dies Kind mit Freuden
umfangen, küssen will,
muss vorher mit ihm leiden
groß Pein und Marter viel,

6. danach mit ihm auch sterben
und geistlich auferstehn,
das ewig Leben erben,
wie an ihm ist geschehn.

7. Maria, Gottes Mutter,
gelobet musst du sein.
Jesus ist unser Bruder,
das liebe Kindelein.

Benedictus des Zacharias

Lukas 1:67 Sein Vater Zacharias wurde vom Heiligen Geist erfüllt und begann prophetisch zu reden: 68 Gepriesen sei der Herr, der Gott Israels! Denn er hat sein Volk besucht und ihm Erlösung geschaffen; 69 er hat uns einen starken Retter erweckt im Hause seines Knechtes David. 70 So hat er verheißen von alters her durch den Mund seiner heiligen Propheten. 71 Er hat uns errettet vor unseren Feinden und aus der Hand aller, die uns hassen; 72 er hat das Erbarmen mit den Vätern an uns vollendet und an seinen heiligen Bund gedacht, 73 an den Eid, den er unserm Vater Abraham geschworen hat; 74 er hat uns geschenkt, dass wir, aus Feindeshand befreit, ihm furchtlos dienen 75 in Heiligkeit und Gerechtigkeit vor seinem Angesicht all unsre Tage. 76 Und du, Kind, wirst Prophet des Höchsten heißen; denn du wirst dem Herrn vorangehen und ihm den Weg bereiten. 77 Du wirst sein Volk mit der Erfahrung des Heils beschenken in der Vergebung seiner Sünden. [3] 78 Durch die barmherzige Liebe unseres Gottes wird uns besuchen das aufstrahlende Licht aus der Höhe, 79 um allen zu leuchten, die in Finsternis sitzen und im Schatten des Todes, und unsre Schritte zu lenken auf den Weg des Friedens. 80 Das Kind wuchs heran und wurde stark im Geist. Und es lebte in der Wüste bis zu dem Tag, an dem es seinen Auftrag für Israel erhielt.

Luca Giordano, Der Engel Gabriel erscheint Zacharias 1656-58

Nikolaus von Myra
Alexa Petrow
1294

06

Lasst uns froh und munter sein

Lasst uns froh und mun-ter sein   und uns recht von Her-zen freun!   Lus-tig, lus-tig,

tra-le-ra-le-ra!   Bald ist Ni-ko-laus - a-bend da,   bald ist Ni-ko-laus - a-bend da!

1. Lasst uns froh und munter sein
   und uns recht von Herzen freun!
   Lustig, lustig, traleralera!
   Bald ist Nikolausabend da,
   bald ist Nikolausabend da!

2. Bald ist unsere Schule aus,
   dann ziehn wir vergnügt nach Haus.
   Lustig, lustig, …

3. Dann stell' ich den Teller auf,
   Nik'laus legt gewiß was drauf.
   Lustig, lustig, …

4. Steht der Teller auf dem Tisch,
   sing' ich nochmals froh und frisch:
   Lustig, lustig, …

5. Wenn ich schlaf', dann träume ich,
   jetzt bringt Nik'laus was für mich.
   Lustig, lustig, …

6. Wenn ich aufgestanden bin,
   lauf' ich schnell zum Teller hin.
   Lustig, lustig, …

7. Nik'laus ist ein guter Mann,
   dem man nicht genug danken kann.
   Lustig, lustig, …

Nikolaus Intermezzo

Nikolaus von Myra ist einer der bekanntesten Heiligen, er wurde zwischen 270 und 286 in Patara geboren. Er starb am 6. Dezember ca. 365, unserem Gedenktag. Nikolaus wirkte als Bischof von Myra in der kleinasiatischen Region Lykien, damals Teil des römischen, später des byzantinischen Reichs. Mittlerweile ist dies Teil der Türkei. Sein Name bedeutet „Sieg des Volkes". Hier einige Legenden um Nikolaus.

Die Mitgiftspende

Nikolaus schenkte einem alten, armen Mann mit drei Töchtern drei goldene Kugeln in Apfelform, damit dieser seine Töchter nicht als Prostituierte anbieten musste. Häufig wird Nikolaus aufgrund dieser Legende mit drei goldenen Äpfeln dargestellt.

- Stillung des Seesturms
- Stratelatenwunder
- Heimführung eines verschleppten Kindes
- Wannen- und Säuglingswunder
- Bekehrung eines Juden durch das Nikolausbild
- Bekämpfung der Diana
- Rettung des ertrunkenen Sohnes
- Bestrafung und Begnadigung eines Betrügers
- Auferweckung der getöteten Scholaren
- Erweckung eines Jungen
- Quellenwunder am Grab

Das Kornwunder

Nikolaus vermehrte während einer Hungersnot das Korn, welches auf einem Schiff gelagert und für den Kaiser vorgesehen war. Er rettete armen Menschen vor dem Verhungern.

Anton Raphael Mengs
Der Traum des Josef
1773–1774

07

Ihr Kinderlein, kommet

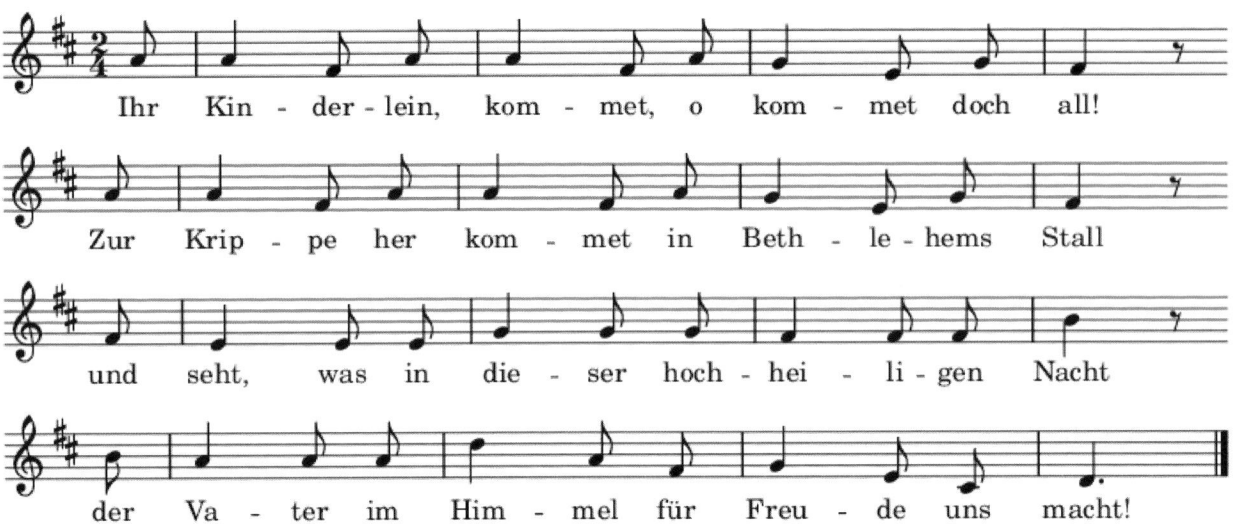

Ihr Kin - der - lein, kom - met, o kom - met doch all!

Zur Krip - pe her kom - met in Beth - le - hems Stall

und seht, was in die - ser hoch - hei - li - gen Nacht

der Va - ter im Him - mel für Freu - de uns macht!

1. Ihr Kinderlein, kommet, o kommet doch all'!
Zur Krippe her kommet in Betlehems Stall
und seht, was in dieser hochheiligen Nacht
der Vater im Himmel für Freude uns macht.

2. O seht in der Krippe, im nächtlichen Stall,
seht hier bei des Lichtleins hellglänzendem Strahl,
den lieblichen Knaben, das himmlische Kind,
viel schöner und holder, als Engelein sind.

3. Da liegt es – das Kindlein – auf Heu und auf Stroh;
Maria und Josef betrachten es froh;
die redlichen Hirten knie'n betend davor,
hoch oben schwebt jubelnd der Engelein Chor.

4. Manch Hirtenkind trägt wohl mit freudigem Sinn
Milch, Butter und Honig nach Betlehem hin;
ein Körblein voll Früchte, das purpurrot glänzt,
ein schneeweißes Lämmchen mit Blumen bekränzt.

5. O betet: Du liebes, Du göttliches Kind
was leidest Du alles für unsere Sünd'!
Ach hier in der Krippe schon Armut und Not,
am Kreuze dort gar noch den bitteren Tod.

6. O beugt wie die Hirten anbetend die Knie,
erhebet die Hände und danket wie sie!
Stimmt freudig, ihr Kinder, wer wollt sich nicht freu'n,
stimmt freudig zum Jubel der Engel mit ein!

7. Was geben wir Kinder, was schenken wir Dir,
du Bestes und Liebstes der Kinder, dafür?
Nichts willst Du von Schätzen und Freuden der Welt –
ein Herz nur voll Unschuld allein Dir gefällt.

8. So nimm unsre Herzen zum Opfer denn hin;
wir geben sie gerne mit fröhlichem Sinn –
und mache sie heilig und selig wie Dein's,
und mach sie auf ewig mit Deinem nur Eins.

Traum des Joseph

Matthäus 1:18 Die Geburt Jesu Christi geschah aber so: Als Maria, seine Mutter, dem Josef vertraut war, fand es sich, ehe sie zusammenkamen, dass sie schwanger war von dem Heiligen Geist. 19 Josef aber, ihr Mann, der fromm und gerecht war und sie nicht in Schande bringen wollte, gedachte, sie heimlich zu verlassen. 20 Als er noch so dachte, siehe, da erschien ihm ein Engel des Herrn im Traum und sprach: Josef, du Sohn Davids, fürchte dich nicht, Maria, deine Frau, zu dir zu nehmen; denn was sie empfangen hat, das ist von dem Heiligen Geist. 21 Und sie wird einen Sohn gebären, dem sollst du den Namen Jesus geben, denn er wird sein Volk retten von ihren Sünden. 22 Das ist aber alles geschehen, auf dass erfüllt würde, was der Herr durch den Propheten gesagt hat, der da spricht (Jesaja 7,14): 23 »Siehe, eine Jungfrau wird schwanger sein und einen Sohn gebären, und sie werden ihm den Namen Immanuel geben«, das heißt übersetzt: Gott mit uns. 24 Als nun Josef vom Schlaf erwachte, tat er, wie ihm der Engel des Herrn befohlen hatte, und nahm seine Frau zu sich. 25 Und er erkannte sie nicht, bis sie einen Sohn gebar; und er gab ihm den Namen Jesus.

Rembrandt van Rijn, Traum des heiligen Joseph, 1650-55

Pieter Bruegel der Ältere
Die Volkszählung zu Bethlehem
1566

08

In meinem kleinen Apfel

1. In meinem kleinen Apfel,
   da sieht es lustig aus:
   es sind darin fünf Stübchen,
   grad' wie in einem Haus.

2. In jedem Stübchen wohnen
   zwei Kernchen schwarz und fein,
   die liegen drin und träumen
   vom lieben Sonnenschein.

3. Sie träumen auch noch weiter
   gar einen schönen Traum,
   wie sie einst werden hängen
   am schönen Weihnachtsbaum.

Volkszählung

Lukas 1:1 Es geschah aber in jenen Tagen, dass Kaiser Augustus den Befehl erließ, den ganzen Erdkreis in Steuerlisten einzutragen. 2 Diese Aufzeichnung war die erste; damals war Quirinius Statthalter von Syrien.

Pieter Bruegel der Ältere, Volkszählung zu Bethlehem, 1566

Hugo van der Goes
Maria und Joseph auf dem Weg nach Bethlehem
1475

09

Kommet, ihr Hirten, ihr Männer und Frau'n

Kom-met, ihr Hir-ten, ihr Män-ner und Fraun, Chri-stus, der Herr, ist

Kom-met, das lieb-li - che Kind-lein zu schaun,

heu-te ge-bo-ren, Den Gott zum Hei-land euch hat er-ko-ren. Fürch-tet euch nicht!

1. Kommet, ihr Hirten, ihr Männer und Fraun,
   Kommet, das liebliche Kindlein zu schaun,
   Christus, der Herr, ist heute geboren,
   Den Gott zum Heiland euch hat erkoren.
   Fürchtet euch nicht!

2. Lasset uns sehen in Bethlehems Stall,
   Was uns verheißen der himmlische Schall;
   Was wir dort finden, lasset uns künden,
   Lasset uns preisen in frommen Weisen:
   Halleluja!

3. Wahrlich, die Engel verkündigen heut
   Bethlehems Hirtenvolk gar große Freud:
   Nun soll es werden Friede auf Erden,
   Den Menschen allen ein Wohlgefallen:
   Ehre sei Gott!

Bethlehem

Lukas 1:3 Da ging jeder in seine Stadt, um sich eintragen zu lassen. 4 So zog auch Josef von der Stadt Nazaret in Galiläa hinauf nach Judäa in die Stadt Davids, die Betlehem heißt; denn er war aus dem Haus und Geschlecht Davids. 5 Er wollte sich eintragen lassen mit Maria, seiner Verlobten, die ein Kind erwartete.

Conrad von Soest
Die Geburt Christi
1404

10

Leise rieselt der Schnee

Lei - se rie-selt der Schnee, still und starr liegt der See,

weih-nacht-lich glän-zet der Wald: Freu-e dich, Christ-kind kommt bald.

1. Leise rieselt der Schnee,
   Still und starr liegt der See,
   Weihnachtlich glänzet der Wald:
   Freue Dich, Christkind kommt bald.

2. In den Herzen ist's warm,
   Still schweigt Kummer und Harm,
   Sorge des Lebens verhallt:
   Freue Dich, Christkind kommt bald.

3. Bald ist heilige Nacht;
   Chor der Engel erwacht;
   Horch' nur, wie lieblich es schallt:
   Freue Dich, Christkind kommt bald.

Geburt

Lukas 1: 6 Es geschah, als sie dort waren, da erfüllten sich die Tage, dass sie gebären sollte, 7 und sie gebar ihren Sohn, den Erstgeborenen. Sie wickelte ihn in Windeln und legte ihn in eine Krippe, weil in der Herberge kein Platz für sie war.

Michelangelo Merisi da Caravaggio
Geburt Christi mit dem heiligen Sankt Franziskus
und dem heiligen Sankt Laurentius, 1609

11

Macht hoch die Tür

Macht hoch die Tür, die Tor macht weit, es kommt der Herr der
Herr - lich - keit, ein Kö - nig al - ler Kö - nig - reich, ein
Hei - land al - ler Welt zu - gleich, der Heil und Le - ben
mit sich bringt, der - hal - ben jauchzt, mit Freu - den singt: Ge -
lo - bet sei mein Gott, mein Schöp - fer reich an Rat.

1. Macht hoch die Tür, die Tor macht weit;
   es kommt der Herr der Herrlichkeit,
   ein König aller Königreich,
   ein Heiland aller Welt zugleich,
   der Heil und Leben mit sich bringt;
   derhalben jauchzt, mit Freuden singt:
   Gelobet sei mein Gott,
   mein Schöpfer reich von Rat.

2. Er ist gerecht, ein Helfer wert;
   Sanftmütigkeit ist sein Gefährt,
   sein Königskron ist Heiligkeit,
   sein Zepter ist Barmherzigkeit;
   all unsre Not zum End er bringt,
   derhalben jauchzt, mit Freuden singt:
   Gelobet sei mein Gott,
   mein Heiland groß von Tat.

3. O wohl dem Land, o wohl der Stadt,
   so diesen König bei sich hat.
   Wohl allen Herzen insgemein,
   da dieser König ziehet ein.

   Er ist die rechte Freudensonn,
   bringt mit sich lauter Freud und Wonn.
   Gelobet sei mein Gott,
   mein Tröster früh und spat.

4. Macht hoch die Tür, die Tor macht weit,
   eu'r Herz zum Tempel zubereit'.
   Die Zweiglein der Gottseligkeit
   steckt auf mit Andacht, Lust und Freud;
   so kommt der König auch zu euch,
   ja, Heil und Leben mit zugleich.
   Gelobet sei mein Gott,
   voll Rat, voll Tat, voll Gnad.

5. Komm, o mein Heiland Jesu Christ,
   meins Herzens Tür dir offen ist.
   Ach zieh mit deiner Gnade ein;
   dein Freundlichkeit auch uns erschein.
   Dein Heilger Geist uns führ und leit
   den Weg zur ewgen Seligkeit.
   Dem Namen dein, o Herr,
   sei ewig Preis und Ehr.

Geburt Christi nach Matthäus

Mattäus 2:18 Mit dem Ursprung Jesu Christi verhielt es sich aber so: Als nämlich Maria, seine Mutter, dem Josef verlobt war, wurde sie, ehe sie zusammen-gekommen waren, schwanger befunden von dem Heiligen Geist. 19 Josef aber, ihr Mann, der gerecht war und sie nicht öffentlich bloßstellen wollte, gedachte sie heimlich zu entlassen. 20 Während er dies aber überlegte, siehe, da erschien ihm ein Engel des Herrn im Traum und sprach: Josef, Sohn Davids, fürchte dich nicht, Maria, deine Frau, zu dir zu nehmen! Denn das in ihr Gezeugte ist von dem Heiligen Geist. 21 Und sie wird einen Sohn gebären, und du sollst seinen Namen Jesus nennen, denn er wird sein Volk retten von seinen Sünden. 22 Dies alles geschah aber, damit erfüllt würde, was von dem Herrn geredet ist durch den Propheten, der spricht: 23 "Siehe, die Jungfrau wird schwanger sein und einen Sohn gebären, und sie werden seinen Namen Emmanuel nennen", was übersetzt ist: Gott mit uns. 24 Josef aber, vom Schlaf erwacht, tat, wie ihm der Engel des Herrn befohlen hatte, und nahm seine Frau zu sich; 25 und er erkannte sie nicht, bis sie einen Sohn geboren hatte; und er nannte seinen Namen Jesus.

Michelangelo Merisi da Caravaggio
Anbetung der Hirten
1609

12

Die heil'gen drei König' mit ihrigem Stern

1. Die heil'-gen drei Kö-nig' mit__ ih-ri- gem

Stern, die kom - men ge - gan-gen, ihr

Frau-en und Herrn. Der Stern gab ih-nen den

Schein; ein neu - es Reich geht uns her - ein.

1. Die heil'gen drei König' mit ihrigem Stern,
   die kommen gegangen, ihr Frauen und Herrn.
   Der Stern gab ihnen den Schein;
   ein neues Reich geht uns herein.

2. Die heil'gen drei König' mit ihrigem Stern,
   sie bringen dem Kindlein das Opfer so gern.
   Sie reisen in schneller Eil'
   in dreizehn Tag' vierhundert Meil'.

3. Die heil'gen drei König' mit ihrigem Stern
   knien nieder und ehren das Kindlein, den Herrn.
   Ein' selige, fröhliche Zeit
   verleih' uns Gott im Himmelreich!

Hirten

Lukas 1:8 In dieser Gegend lagerten Hirten auf freiem Feld und hielten Nachtwache bei ihrer Herde. 9 Da trat ein Engel des Herrn zu ihnen und die Herrlichkeit des Herrn umstrahlte sie und sie fürchteten sich sehr. 10 Der Engel sagte zu ihnen: Fürchtet euch nicht, denn siehe, ich verkünde euch eine große Freude, die dem ganzen Volk zuteilwerden soll: 11 Heute ist euch in der Stadt Davids der Retter geboren; er ist der Christus, der Herr. 12 Und das soll euch als Zeichen dienen: Ihr werdet ein Kind finden, das, in Windeln gewickelt, in einer Krippe liegt. 13 Und plötzlich war bei dem Engel ein großes himmlisches Heer, das Gott lobte und sprach: 14 Ehre sei Gott in der Höhe und Friede auf Erden den Menschen seines Wohlgefallens.

El Greco
Anbetung der Hirten
1612–1614

13

O du fröhliche

1. O du fröhliche, o du selige,
gnadenbringende Weihnachtszeit!
Welt ging verloren.
Christ ist geboren:
freue, freue dich,
o Christenheit!

2. O du fröhliche, o du selige,
gnadenbringende Weihnachtszeit!
Christ ist erschienen,
uns zu versöhnen,
freue, freue dich,
o Christenheit!

3. O du fröhliche, o du selige,
gnadenbringende Weihnachtszeit!
Himmlische Heere
jauchzen dir Ehre,
freue, freue dich,
o Christenheit!

Hirten 2

Lukas 1:15 Und es geschah, als die Engel von ihnen in den Himmel zurückgekehrt waren, sagten die Hirten zueinander: Lasst uns nach Betlehem gehen, um das Ereignis zu sehen, das uns der Herr kundgetan hat! 16 So eilten sie hin und fanden Maria und Josef und das Kind, das in der Krippe lag.

Matthias Stomer
Anbetung der Hirten
1632.jpg

14

O Tannenbaum

O Tan-nen-baum, o Tan-nen-baum, wie treu sind dei-ne Blät-ter. Du grünst nicht nur zur Som-mer-zeit, nein, auch im Win-ter, wenn es schneit: O Tan-nen-baum, o Tan-nen-baum, wie treu sind dei-ne Blät-ter!

1. O Tannenbaum, o Tannenbaum,
   wie treu sind deine Blätter.
   Du grünst nicht nur zur Sommerzeit,
   nein auch im Winter, wenn es schneit:
   O Tannenbaum, o Tannenbaum,
   wie treu sind deine Blätter!

2. O Tannenbaum, o Tannenbaum,
   du kannst mir sehr gefallen!
   Wie oft hat nicht zur Weihnachtszeit
   ein Baum von dir mich hoch erfreut!
   O Tannenbaum, o Tannenbaum,
   du kannst mir sehr gefallen!

3. O Tannenbaum, o Tannenbaum,
   dein Kleid will mich was lehren!
   Die Hoffnung und Beständigkeit
   gibt Trost und Kraft zu jeder Zeit!
   O Tannenbaum, o Tannenbaum,
   dein Kleid will mich was lehren!

Lukas 1:17 Als sie es sahen, erzählten sie von dem Wort, das ihnen über dieses Kind gesagt worden war. 18 Und alle, die es hörten, staunten über das, was ihnen von den Hirten erzählt wurde. 19 Maria aber bewahrte alle diese Worte und erwog sie in ihrem Herzen. 20 Die Hirten kehrten zurück, rühmten Gott und priesen ihn für alles, was sie gehört und gesehen hatten, so wie es ihnen gesagt worden war.

Benozzo Gozzoli
Prozession der Könige
1459-1461

15

Der Christbaum ist der schönste Baum

Der Christ-baum ist der schön-ste Baum, den wir auf Er-den ken-nen. Im

Gar-ten klein, im eng-sten Raum, wie lieb-lich blüht der Wun-der-baum, wenn

sei-ne Lich-ter bren-nen, wenn sei-ne Lich-ter bren-nen, ja bren - nen.

1. Der Christbaum ist der schönste Baum,
   den wir auf Erden kennen.
   Im Garten klein, im engsten Raum,
   wie lieblich blüht der Wunderbaum,
   wenn seine Lichter brennen, ja brennen.

2. Denn sieh, in dieser Wundernacht
   ist einst der Herr geboren,
   der Heiland, der uns selig macht.
   Hätt' er den Himmel nicht gebracht,
   wär' alle Welt verloren, verloren.

3. Doch nun ist Freud' und Seligkeit,
   ist jede Nacht voll Kerzen.
   Auch dir, mein Kind, ist das bereit't,
   dein Jesus schenkt dir alles heut',
   gern wohnt er dir im Herzen, im Herzen.

4. O lass ihn ein, es ist kein Traum,
   er wählt dein Herz zum Garten,
   will pflanzen in den engen Raum
   den allerschönsten Wunderbaum
   und seiner treulich warten, ja warten.

Drei Könige oder Sterndeuter

Matthäus 2:1 Als Jesus zur Zeit des Königs Herodes in Betlehem in Judäa geboren worden war, siehe, da kamen Sterndeuter aus dem Osten nach Jerusalem 2 und fragten: Wo ist der neugeborene König der Juden? Wir haben seinen Stern aufgehen sehen und sind gekommen, um ihm zu huldigen. 3 Als König Herodes das hörte, erschrak er und mit ihm ganz Jerusalem. 4 Er ließ alle Hohepriester und Schriftgelehrten des Volkes zusammenkommen und erkundigte sich bei ihnen, wo der Christus geboren werden solle. 5 Sie antworteten ihm: in Betlehem in Judäa; denn so steht es geschrieben bei dem Propheten: 6 Du, Betlehem im Gebiet von Juda, bist keineswegs die unbedeutendste unter den führenden Städten von Juda; denn aus dir wird ein Fürst hervorgehen, der Hirt meines Volkes Israel.

Sandro Botticelli
Mystische Geburt Christi
1500

16

Schneeflöckchen, Weißröckchen

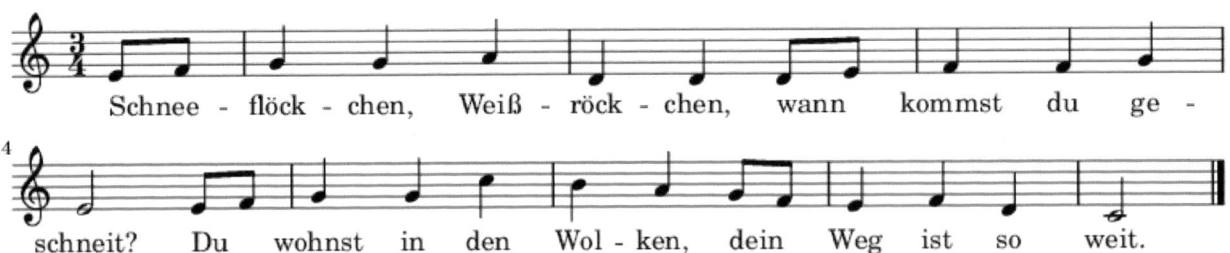

Schnee - flöck - chen, Weiß - röck - chen, wann kommst du ge -

schneit? Du wohnst in den Wol - ken, dein Weg ist so weit.

1. Schneeflöckchen, Weißröckchen,
   wann kommst du geschneit?
   Du wohnst in den Wolken,
   dein Weg ist so weit.

2. Komm setz dich ans Fenster,
   du lieblicher Stern,
   malst Blumen und Blätter,
   wir haben dich gern.

3. Schneeflöckchen, du deckst uns
   die Blümelein zu,
   dann schlafen sie sicher
   in himmlischer Ruh'.

4. Schneeflöckchen, Weißröckchen,
   komm zu uns ins Tal.
   Dann bau'n wir den Schneemann
   und werfen den Ball.

Jesus

Lukas 1:21 Als acht Tage vorüber waren und das Kind beschnitten werden sollte, gab man ihm den Namen Jesus, den der Engel genannt hatte, bevor das Kind im Mutterleib empfangen war.

Albrecht Dürer
Anbetung der Könige
1504

17

Süßer die Glocken nie klingen

Sü- ßer die Glo- cken nie klin- gen, als zu der Weih- nachts- zeit;

's ist als ob En- ge- lein sin- gen wie- der von Frie- den und Freud.

Wie sie ge- sun- gen in se- li- ger Nacht, wie sie ge- sun- gen in se- li- ger Nacht!

Glo- cken mit hei- li- gem Klang, klingt doch die Er- de ent- lang!

1. Süßer die Glocken nie klingen
   als zu der Weihnachtszeit,
   's ist, als ob Engelein singen
   wieder von Frieden und Freud'.
   |: Wie sie gesungen in seliger Nacht, :|
   Glocken mit heiligem Klang,
   klinget die Erde entlang!

2. O, wenn die Glocken erklingen,
   schnell sie das Christkindlein hört:
   Tut sich vom Himmel dann schwingen
   eilig hernieder zur Erd'.
   |: Segnet den Vater, die Mutter, das Kind, :|
   Glocken mit heiligem Klang,
   klinget die Erde entlang!

3. Klinget mit lieblichem Schalle
   über die Meere noch weit,
   dass sich erfreuen doch alle
   seliger Weihnachtszeit.
   |: Alle aufjauchzen mit herrlichem Sang! :|
   Glocken mit heiligem Klang,
   klinget die Erde entlang!

Drei Könige 2 – Die Magier aus dem Osten

Matthäus 2:7 Danach rief Herodes die Sterndeuter heimlich zu sich und ließ sich von ihnen genau sagen, wann der Stern erschienen war. 8 Dann schickte er sie nach Betlehem und sagte: Geht und forscht sorgfältig nach dem Kind; und wenn ihr es gefunden habt, berichtet mir, damit auch ich hingehe und ihm huldige! 9 Nach diesen Worten des Königs machten sie sich auf den Weg. Und siehe, der Stern, den sie hatten aufgehen sehen, zog vor ihnen her bis zu dem Ort, wo das Kind war; dort blieb er stehen.

Peter Paul Rubens
Anbetung der Könige
1609-1610

18

Vom Himmel hoch da komm ich her

1. Vom Himmel hoch, da komm ich her.
Ich bring' euch gute neue Mär,
Der guten Mär bring ich so viel,
Davon ich singn und sagen will.

2. Euch ist ein Kindlein heut' geborn
Von einer Jungfrau auserkorn,
Ein Kindelein, so zart und fein,
Das soll eu'r Freud und Wonne sein.

3. Es ist der Herr Christ, unser Gott,
Der will euch führn aus aller Not,
Er will eu'r Heiland selber sein,
Von allen Sünden machen rein.

4. Er bringt euch alle Seligkeit,
Die Gott der Vater hat bereit,
Dass ihr mit uns im Himmelreich
Sollt leben nun und ewiglich.

5. So merket nun das Zeichen recht:
Die Krippe, Windelein so schlecht,
Da findet ihr das Kind gelegt,
Das alle Welt erhält und trägt.

6. Des lasst uns alle fröhlich sein
Und mit den Hirten gehn hinein,
Zu sehn, was Gott uns hat beschert,
Mit seinem lieben Sohn verehrt.

7. Merk auf, mein Herz, und sieh dorthin!
Was liegt dort in dem Krippelein?
Wes ist das schöne Kindelein?
Es ist das liebe Jesulein.

8. Sei mir willkommen, edler Gast!
Den Sünder nicht verschmähet hast
Und kommst ins Elend her zu mir,
Wie soll ich immer danken dir?

9. Ach, Herr, du Schöpfer aller Ding,
Wie bist du worden so gering,
Dass du da liegst auf dürrem Gras,
Davon ein Rind und Esel aß!

10. Und wär' die Welt vielmal so weit,
Von Edelstein und Gold bereit',
So wär sie doch dir viel zu klein,
Zu sein ein enges Wiegelein.

11. Der Sammet und die Seide dein,
Das ist grob Heu und Windelein,
Darauf du König groß und reich
Herprangst, als wär's dein Himmelreich.

12. Das hat also gefallen dir,
Die Wahrheit anzuzeigen mir:
Wie aller Welt Macht, Ehr und Gut
Vor dir nichts gilt, nichts hilft noch tut.

13. Ach, mein herzliebes Jesulein,
Mach dir ein rein, sanft Bettelein,
Zu ruhen in meins Herzens Schrein,
Dass ich nimmer vergesse dein.

14. Davon ich allzeit fröhlich sei,
Zu springen, singen immer frei
Das rechte Susaninne schon,
Mit Herzenslust den süßen Ton.

15. Lob, Ehr sei Gott im höchsten Thron,
Der uns schenkt seinen ein'gen Sohn.
Des freuen sich der Engel Schar
Und singen uns solch neues Jahr.

Matthäus 2:10 Als sie den Stern sahen, wurden sie von sehr großer Freude erfüllt. 11 Sie gingen in das Haus und sahen das Kind und Maria, seine Mutter; da fielen sie nieder und huldigten ihm. Dann holten sie ihre Schätze hervor und brachten ihm Gold, Weihrauch und Myrrhe als Gaben dar. 12 Weil ihnen aber im Traum geboten wurde, nicht zu Herodes zurückzukehren, zogen sie auf einem anderen Weg heim in ihr Land.

Cranach der Ältere
Ruhe auf der Flucht nach Ägypten
1504

19

Fröhliche Weihnacht überall

„Fröhliche Weihnacht überall!"
tönet durch die Lüfte froher Schall.
Weihnachtston, Weihnachtsbaum,
Weihnachtsduft in jedem Raum!
„Fröhliche Weihnacht überall!"
tönet durch die Lüfte froher Schall.

1. Darum alle stimmet in den Jubelton,
denn es kommt das Licht der Welt von des Vaters Thron.
   (Refrain)

2. Licht auf dunklem Wege, unser Licht bist du;
denn du führst, die dir vertraun, ein zu sel'ger Ruh'.
   (Refrain)

3. Was wir andern taten, sei getan für dich,
dass bekennen jeder muss, Christkind kam für mich.
   (Refrain)

Flucht nach Ägypten – Kindermord zu Bethlehem

Matthäus 2:13 Als sie aber hingezogen waren, siehe, da erscheint ein Engel des Herrn dem Josef im Traum und spricht: Steh auf, nimm das Kind und seine Mutter zu dir und fliehe nach Ägypten, und bleibe dort, bis ich es dir sage! Denn Herodes wird das Kind suchen, um es umzubringen. 14 Er aber stand auf, nahm das Kind und seine Mutter des Nachts zu sich und zog hin nach Ägypten. 15 Und er war dort bis zum Tod des Herodes; damit erfüllt würde, was von dem Herrn geredet ist durch den Propheten, der spricht: "Aus Ägypten habe ich meinen Sohn gerufen."

16 Da ergrimmte Herodes sehr, als er sah, dass er von den Weisen hintergangen worden war; und er sandte hin und ließ alle Jungen töten, die in Bethlehem und in seinem ganzen Gebiet waren, von zwei Jahren und darunter, nach der Zeit, die er von den Weisen genau erforscht hatte. 17 Da wurde erfüllt, was durch den Propheten Jeremia geredet ist, der spricht: 18 "Eine Stimme ist in Rama gehört worden, Weinen und viel Wehklagen: Rahel beweint ihre Kinder, und sie wollte sich nicht trösten lassen, weil sie nicht mehr sind."

Albrecht Dürer, Die Flucht nach Ägypten, 1494/97

Rembrandt van Rijn
Simeon in the Temple
1631

20

Morgen Kinder wird's was geben

Mor-gen, Kin-der, wird's was ge-ben, mor-gen wer-den wir uns freu'n!

Wel-che Won-ne, welch ein Le-ben wird in un-serm Hau-se sein!

Ein-mal wer-den wir noch wach, hei-ßa, dann ist Weih-nachts-tag!

1. Morgen, Kinder, wird's was geben,
morgen werden wir uns freu'n;
welch ein Jubel, welch ein Leben
wird in unserm Hause sein!
Einmal werden wir noch wach,
heißa, dann ist Weihnachtstag.

2. Wie wird dann die Stube glänzen
von der großen Lichterzahl,
schöner als bei frohen Tänzen
ein geputzter Kronensaal!
Wisst ihr noch, wie vor'ges Jahr
es am Heil'gen Abend war?

3. Wisst ihr noch die Spiele, Bücher
und das schöne Schaukelpferd,
schöne Kleider, woll'ne Tücher,
Puppenstube, Puppenherd?
Morgen strahlt der Kerzen Schein,
morgen werden wir uns freu'n.

4. Wisst ihr noch mein Räderpferdchen,
Malchens nette Schäferin,
Jettchens Küche mit dem Herdchen
und dem blankgeputzten Zinn?
Heinrichs bunten Harlekin
mit der gelben Violin?

5. Wisst ihr noch den großen Wagen
und die schöne Jagd von Blei?
Uns're Kinderchen zum Tragen
und die viele Nascherei?
Meinen fleiß'gen Sägemann
mit der Kugel unten dran?

6. Welch ein schöner Tag ist morgen!
Neue Freuden hoffen wir!
Uns're guten Eltern sorgen
lange, lange schon dafür.
O gewiss, wer sie nicht ehrt,
ist der ganzen Lust nicht wert.

7. Lasst uns nicht bei den Geschenken
Neidisch auf einander seh'n;
Sondern bei den Sachen denken:
„Wie erhalten wir sie schön,
Dass uns ihre Niedlichkeit
Lange noch nachher erfreut?"

Das Zeugnis des Simeon und der Hanna

Lukas 1:22 Als sich für sie die Tage der vom Gesetz des Mose vorgeschriebenen Reinigung erfüllt hatten, brachten sie das Kind nach Jerusalem hinauf, um es dem Herrn darzustellen, 23 wie im Gesetz des Herrn geschrieben ist: Jede männliche Erstgeburt soll dem Herrn heilig genannt werden. 24 Auch wollten sie ihr Opfer darbringen, wie es das Gesetz des Herrn vorschreibt: ein Paar Turteltauben oder zwei junge Tauben. 25 Und siehe, in Jerusalem lebte ein Mann namens Simeon. Dieser Mann war gerecht und fromm und wartete auf den Trost Israels und der Heilige Geist ruhte auf ihm. 26 Vom Heiligen Geist war ihm offenbart worden, er werde den Tod nicht schauen, ehe er den Christus des Herrn gesehen habe.

Meister der Badia a Isola
Madonna mit Kind
1320

21

Zu Bethlehem geboren

Zu Beth - le - hem ge - bo - ren ist uns ein Kin - de - lein.

Das hab ich aus - er - ko - ren, sein ei - gen will ich sein.

Ei - a, ei - a, sein ei - gen will ich sein.

1. Zu Bethlehem geboren
   ist uns ein Kindelein.
   Das hab ich auserkoren,
   sein eigen will ich sein.
   Eia, eia, sein eigen will ich sein.

2. In seine Lieb versenken
   will ich mich ganz hinab;
   mein Herz will ich ihm schenken
   und alles, was ich hab.
   Eia, eia, und alles, was ich hab.

3. O Kindelein, von Herzen
   dich will ich lieben sehr
   in Freuden und in Schmerzen,
   je länger mehr und mehr.
   Eia, eia, je länger mehr und mehr.

4. Dich wahren Gott ich finde
   in meinem Fleisch und Blut;
   darum ich fest mich binde
   an dich, mein höchstes Gut.
   Eia, eia, an dich, mein höchstes Gut.

5. Dazu dein Gnad mir gebe,
   bitt ich aus Herzensgrund,
   dass dir allein ich lebe
   jetzt und zu aller Stund.
   Eia, eia, jetzt und zu aller Stund.

6. Lass mich von dir nicht scheiden,
   knüpf zu, knüpf zu das Band
   der Liebe zwischen beiden,
   nimm hin mein Herz zum Pfand.
   Eia, eia, nimm hin mein Herz zum Pfand.

Simeon

Lukas 1:27 Er wurde vom Geist in den Tempel geführt; und als die Eltern das Kind Jesus hereinbrachten, um mit ihm zu tun, was nach dem Gesetz üblich war, 28 nahm Simeon das Kind in seine Arme und pries Gott mit den Worten: 29 Nun lässt du, Herr, deinen Knecht, wie du gesagt hast, in Frieden scheiden. 30 Denn meine Augen haben das Heil gesehen, 31 das du vor allen Völkern bereitet hast, 32 ein Licht, das die Heiden erleuchtet, und Herrlichkeit für dein Volk Israel. 33 Sein Vater und seine Mutter staunten über die Worte, die über Jesus gesagt wurden. 34 Und Simeon segnete sie und sagte zu Maria, der Mutter Jesu: Siehe, dieser ist dazu bestimmt, dass in Israel viele zu Fall kommen und aufgerichtet werden, und er wird ein Zeichen sein, dem widersprochen wird, - 35 und deine Seele wird ein Schwert durchdringen. So sollen die Gedanken vieler Herzen offenbar werden.

Paul Gauguin
Weihnachtsabend (Der Segen der Ochsen)
1894-98

22

Kling, Glöckchen, klingelingeling

Kling, Glöck-chen, klin-ge-lin-ge-ling, kling, Glöck-chen, kling!

Lasst mich ein, ihr Kin - der, ist so kalt der Win - ter,

öff - net mir die Tü - ren, lasst mich nicht er - frie - ren!

Kling, Glöck - chen, klin-ge-lin-ge-ling, kling, Glöck - chen, kling!

1. Kling, Glöckchen, klingelingeling,
   kling, Glöckchen, kling!
   Lasst mich ein, ihr Kinder,
   ist so kalt der Winter,
   öffnet mir die Türen,
   lasst mich nicht erfrieren!
   Kling, Glöckchen, klingelingeling,
   kling, Glöckchen, kling!

2. Kling, Glöckchen, klingelingeling,
   kling, Glöckchen, kling!
   Mädchen, hört, und Bübchen,
   macht mir auf das Stübchen,
   bring euch viele Gaben,
   sollt euch dran erlaben.
   Kling, Glöckchen, klingelingeling,
   kling, Glöckchen, kling!

3. Kling, Glöckchen, klingelingeling,
   kling, Glöckchen, kling!
   Hell erglühn die Kerzen,
   öffnet mir die Herzen!
   Will drin wohnen fröhlich,
   frommes Kind, wie selig.
   Kling, Glöckchen, klingelingeling,
   kling, Glöckchen, kling!

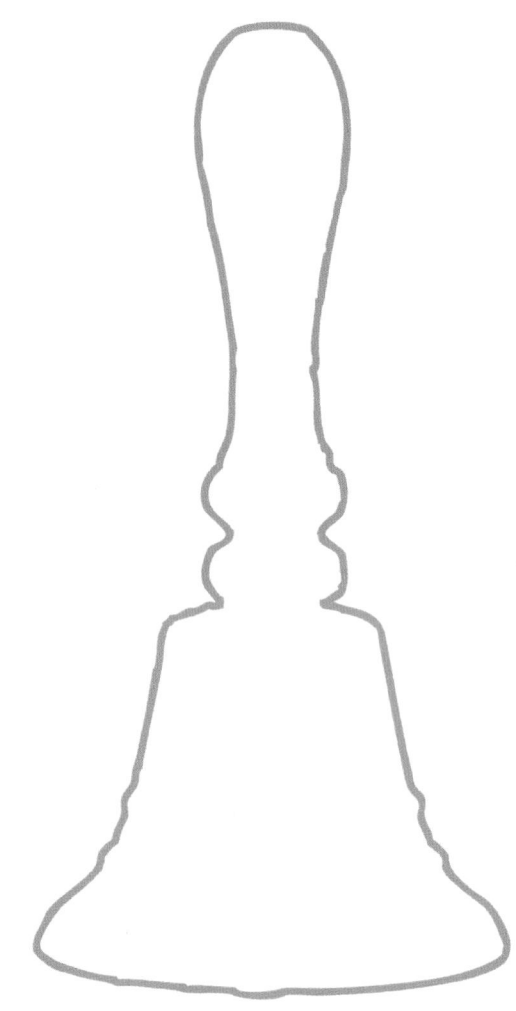

Hanna

Lukas 1:36 Damals lebte auch Hanna, eine Prophetin, eine Tochter Penuëls, aus dem Stamm Ascher. Sie war schon hochbetagt. Als junges Mädchen hatte sie geheiratet und sieben Jahre mit ihrem Mann gelebt; 37 nun war sie eine Witwe von vierundachtzig Jahren. Sie hielt sich ständig im Tempel auf und diente Gott Tag und Nacht mit Fasten und Beten. 38 Zu derselben Stunde trat sie hinzu, pries Gott und sprach über das Kind zu allen, die auf die Erlösung Jerusalems warteten. 39 Als seine Eltern alles getan hatten, was das Gesetz des Herrn vorschreibt, kehrten sie nach Galiläa in ihre Stadt Nazaret zurück. 40 Das Kind wuchs heran und wurde stark, erfüllt mit Weisheit und Gottes Gnade ruhte auf ihm.

Lovis Corinth
Weihnachtsbescherung,
1913

23

Morgen kommt der Weihnachtsmann

1. Morgen kommt der Weihnachtsmann,
    Kommt mit seinen Gaben.
    Trommel, Pfeife und Gewehr,
    Fahn und Säbel und noch mehr,
    Ja ein ganzes Kriegesheer,
    Möcht' ich gerne haben.

2. Bring' uns, lieber Weihnachtsmann,
    Bring' auch morgen, bringe
    Musketier und Grenadier,
    Zottelbär und Panthertier,
    Roß und Esel, Schaf und Stier,
    Lauter schöne Dinge.

3. Doch du weißt ja unsern Wunsch,
    Kennest unsere Herzen.
    Kinder, Vater und Mama,
    Auch sogar der Großpapa,
    Alle, alle sind wir da,
    Warten dein mit Schmerzen.

Der zwölfjährige Jesus im Tempel

Lukas 1:41 Die Eltern Jesu gingen jedes Jahr zum Paschafest nach Jerusalem. 42 Als er zwölf Jahre alt geworden war, zogen sie wieder hinauf, wie es dem Festbrauch entsprach. 43 Nachdem die Festtage zu Ende waren, machten sie sich auf den Heimweg. Der Knabe Jesus aber blieb in Jerusalem, ohne dass seine Eltern es merkten. 44 Sie meinten, er sei in der Pilgergruppe, und reisten eine Tagesstrecke weit; dann suchten sie ihn bei den Verwandten und Bekannten. 45 Als sie ihn nicht fanden, kehrten sie nach Jerusalem zurück und suchten nach ihm.

Raphael
Sixtinische Madonna
1512

24

Stille Nacht, heilige Nacht

Stil - le Nacht! Hei - li-ge Nacht! Al - les schläft; ein - sam wacht

Nur das trau-te hei-li-ge Paar. Hol-der Knab' im lok-kig-ten Haar,

schla-fe in himm-li-scher Ruh!___ Schla-fe in himm-li-scher Ruh!___

1. Stille Nacht! Heilige Nacht!
   Alles schläft, einsam wacht
   Nur das traute, hochheilige Paar.
   Holder Knabe im lockigen Haar,
   Schlaf in himmlischer Ruh,
   Schlaf in himmlischer Ruh.

2. Stille Nacht! Heilige Nacht!
   Gottes Sohn, o wie lacht
   Lieb aus deinem göttlichen Mund,
   Da uns schlägt die rettende Stund,
   Christ, in deiner Geburt,
   Christ, in deiner Geburt.

3. Stille Nacht, heilige Nacht!
   Hirten erst kundgemacht,
   Durch der Engel Halleluja.
   Tönt es laut von fern und nah:
   Christ, der Retter ist da,
   Christ, der Retter ist da!

Jesus im Tempel

Lukas 1:46 Da geschah es, nach drei Tagen fanden sie ihn im Tempel; er saß mitten unter den Lehrern, hörte ihnen zu und stellte Fragen. 47 Alle, die ihn hörten, waren erstaunt über sein Verständnis und über seine Antworten. 48 Als seine Eltern ihn sahen, waren sie voll Staunen und seine Mutter sagte zu ihm: Kind, warum hast du uns das angetan? Siehe, dein Vater und ich haben dich mit Schmerzen gesucht. 49 Da sagte er zu ihnen: Warum habt ihr mich gesucht? Wusstet ihr nicht, dass ich in dem sein muss, was meinem Vater gehört? 50 Doch sie verstanden das Wort nicht, das er zu ihnen gesagt hatte. 51 Dann kehrte er mit ihnen nach Nazaret zurück und war ihnen gehorsam. Seine Mutter bewahrte all die Worte in ihrem Herzen. 52 Jesus aber wuchs heran und seine Weisheit nahm zu und er fand Gefallen bei Gott und den Menschen.

Printed in Poland
by Amazon Fulfillment
Poland Sp. z o.o., Wrocław

61161044R00058